KB099125

당신은 꽃을 쓰세요 나는 시를 썰테니

지혜사랑 286

당신은 꽃을 쓰세요
나는 시를 썰테니

이원형 시집

지혜

시인의 말

나만 모르는
나라는 파란만장

주소가 없는 집
문패도 없으면 어찌
찾아오실까 싶어
끄적여 두었습니다만
낮은 짧아지고
변명은 길어졌습니다
아시지요?

2024년 봄

차례

1부

2부

3부

4부

5부

1부

• 일러두기

페이지의 첫줄이 연과 연 사이의 띄어쓰기 줄에 해당할 경우 > 로
표시합니다.

그러니까 맨드라미

닭은 죽어
꽃이 될 수 있다
그러니까 맨드라미는 닭의 후생

새벽의 모가지를 비트는 아버지
눈치 빠른 어머니는 양은솥에 불을 지핀다
닭의 돌연사를 말한 셈이다

닭은 벼슬도 버리고 뼈만 남겼다
포식자의 손을 떠난 뼈다귀는 휙휙
공중제비를 돌았다
살을 버린 뼈들은 담벼락 아래로 꾸역꾸역
모여들어 훗날을 도모한다
그러니까 담은 닭의 후일담

그 여름
당신들이 벌인 짓을 꿰고 있다는 듯
목청껏 닭벼슬 곧추 세우는 닭의 후생
입 다물고 서 있는 담을 방패막이 삼아
목청껏 붉은 비명을 토해내는
닭의 환생

\>

일가는 새벽의 고요를 얻었고
닭은
몸 바쳐 저 닮은 꽃을 낳았다

무색해집니다

탈색은 색의 해탈입니까
이름은 있으나 마나
이름을 버린 무명씨처럼
색이 색을 버리면 무색해집니까

회색분자 빨갱이
이런 험상궂은 말은
색깔을 고집해서 생긴 색깔론입니다
변색은 색의 변절입니까
탈색과 변색 사이에 낀 반색은
색의 중도층입니까
무채색이란 말조차 무색하여
색을 버리기로 합니다

탈탈 털어 먼지 안 나는 색은 없습니다
색을 압수수색 합니다
탈탈 털고나면
유일하게 남는 탈색을 손에 넣습니다
탈색은 무죄입니까

뿔이 깊은 나무

염소의 뿔은 뿔이 깊은 나무
제법 제멋대로 자란 나무가
옴짝달싹 못하는
염소좌 별자리를 찍어먹고
달랑 하나 남은 달마저 콕 찍어먹어
하늘이 텅 비게 되었는데
이게 다
밤눈 어둔 별이 달이
나무를 들이받아서라고
털 검은 짐승은 지레짐작한다

뿔에 받힌 달
뿔에 받힌 별
뿔이 깊은 짐승의 샛강을 궁시렁궁시렁
온몸으로 굴러가는
알약 한 알
알약 서너 알

더부룩한 뱃속이 휘황찬란하시겠다

사월의 한쪽

청보리밭을 핥고 지나가는 바람의 긴 혀를 윗말 방죽*
같은 축축한 눈으로 물끄러미 바라보던 어미소가 천방지
축 외양간을 휘저어 놓는 어린것의 덜 여문 등을 타이르듯
써레질 하듯 남녘에서 불어오는 바람 같은 혀로 몇차례 핥
고 지나가면 쇠죽 쑤는 무쇠솥처럼 더운 김을 모락모락 피
워 올리곤 하였다 순한 말씀 쪽으로 일제히 허릴 굽히는 겸
손한 사월이다

* 규모가 크지 않은 저수지

빨아 쓰는 슬픔

눈물 닦고
콧물 닦고
바닥까지 훔친 다음
빨아서

다시
눈물 닦고
콧물 닦고
바닥에 떨어진 슬픔을 훔친다

모서리가 각을 버리고
(한 번 쓰고 버려질 몸이란 걸 잊어버리고)
눈물처럼 둥글어질 때까지
오르내리기를 거듭하는
일회용 물티슈

한 번 쓰고 버리긴 아깝다고 말하는
당신의 슬픔은 왜
일회용이 아닌가

홍시 紅詩

아버지가 빚 보증을 선 후로
드디어 우리 집에도 빨간불을
켤 수 있게 되었다
뒤꼍의 감나무가 필사적으로 쥐고 있던
불안감 한 알
한 그릇 까치밥으로 남아도 좋았을

오지랖 넓은 각서의 대미를 장식한
설익은 불안감은
무르익어 홍시가 되었다
집안의 근심거리였던 홍일점
뼈대 있는 가문의 낙관이어도 좋았을
불콰한 그 지점이
내 시의 본적지다

불안감을 먹고 자란 아들은
보증을 서지 않는다
내 시에는 보증인이 없다

하느님의 독서

책을 읽어내려가다 보고싶지 않은 대목에선
건너 뛰거나 덮어버린다

이 세계는 손수 창간하신 크나큰 책
책장을 넘기며 기쁘다 하셨을 하느님도
어느 대목에선
눈 질끈 감아버렸으면 싶으셨겠지
엎어버리고 싶으셨겠지
차마 그럴 순 없고

매끄럽던 하늘이
미끄럽기 그지 없다면 때가 된 것
얼음장 같은 하늘을
설설 기며 내려오다 날개 부러진
애송이 천사들이
엎친 데 덮쳐서 이룩한 눈부신 체위를
사람들은 뭣도 모르고
폭설이라 난리법석이다

엎어버릴 수 없어서 덮어버린
하느님의 독설인 줄은 모르고

지우개 너 연필 씨

너의 잦은 실수가 나를 분주하게 한다
너의 오류가 나의 생업이라는 아이러니
너의 참사로 생겨난 나는 너의 후사일까
너는 잘못을 감추려 하지 나는 지워버린다
애간장이 탄다구?
나는 똥 쌀 지경이야
너의 허방 앞에서 트위스트 트위스트
춤이라도 추랴
뒷처리는 나의 몫이니
둥싯둥싯 각을 지울테다
향기는 바람에게 던져주고 모난 사람 같은
모과의 못남을 닮아갈테다

누가 닳았다를 닮았다로 읽어버린다면
배 다르고 씨 다른 나는
너와 체위를 바꿔가며 덜커덩거리는 비둘기호 같은
필통 속에선 한통속이 될 수 있다
악어와 악어새 같은 동지애를 발휘하겠다

너보다 한 발 늦게 현장에 도착하지만
뒷수습은 나의 몫
손발이 닳도록 싹싹 비비지

간 쓸개 오장육부까지 내줘야할지 몰라
근묵자흑이더군
닳는 것까지 닮아버렸구나
닮아간다 말하면 닳아 없어질 때까지
닮음의 끝을 보여주겠다
이래 봬도 뒤끝 있는 여자야

담뱃불이

사는게 총성없는 전쟁이더군
눈앞에 노리는 적이 많아
직진의 끝은 적진이네
전방의 숨은 적을 향해 불을 붙이네
신께서 총구에 소음기를 달아놓아
소리도 없이 꽃은 피네
전쟁통에도 꽃은 피어 시끄러운 법인데
전쟁이 무슨 무성영화 같으네

반딧불이 같은 꽃이
구조신호 같은 꽃이
매캐하게 피어나네
한 모금에 한 마디씩만 피네
들숨은 꽃의 방아쇠
날숨에 향기 대신 화염이라니
방아쇠를 당겨 꽃을 날리네
표적은 어디 숨어 나를 노리나
적을 향해 꽃을 피웠다 생각했는데
꽃의 낭떠러지 같은 총구를 떠난 꽃이 뒤돌아
나를 죽이네
시든 꽃처럼 시드는 가슴

이명

여름은 진작에 죽고
가을은 제풀에 죽고
빙판 같은 하늘도 설설 기는 겨울
질긴 것이 목숨줄 만은 아니어서
몸통은 가고 목청은 남아
귀청을 때린다
귀 어두운척 딴청
귓속 달팽이의 능청을
기어이 흔들어놓겠다고
쩨에에에 쩨쩨
손나발을 분다
방언을 퍼붓는다
엉뚱한 집 대문을 두들겼쌓는
술취한 가장 같은 말매미의
때늦은 고성방가가 성가신다면
살아있는 것이니
것만으로도 고맙기 그지없다

벌 서는 나무

벌나무는 그 와중에도
가느런 손가락을 꼬무락꼬무락
상형문자를 지어 교신하고
밀정 같은 새를 날려보내고
패를 쥐고 있던 잎으론 광을 팔았다
그러고도
심심함이 산골짝 같은 날엔
꽃을 들고 벌 나비를 유혹했다

나는 과연 벌 서는 나무인가

산의 이마가 서늘하다
벌을 서려면 제대로 서야지
바람의 손끝이 매운 건
폭설 예보가 잦은 건 그런 까닭이다
울고 싶은데 뺨 맞은 벌나무에게
열 말 가웃 맷돌 같은 눈을 얹어준다
눈의 말씀이 어깨를 짓누른다

거래처를 날리고도 홀가분한 사람
팔 하나 떼주고도 벌나무는 여전히 벌나무
떠나는 팔이 남아있는 팔에게 안녕 안녕

이별하는 소리
이쪽에서도 들린다
산의 명치끝이 쩌릿해진다

식겁의 유래

더더군다나
첫날밤라는데
달이 아니 올 리 없지

달밤의 목련 같은 색시가
새참을 내놓듯 살포시
꺼내놓는 고것 때문에
식겁했네

참말로 C컵이었지

다정히 누운 기찻길처럼
나란히 누운 우리 사이를
끼어드는 것 있어
최초의 수작인 듯 새침하게
말 걸어왔네

그 품새며 낯빛이 하도나 고와
할 말을 잊었지
해를 말갛게 씻어 첫 하늘에 걸던
신의 심정이 이랬을까
생전 처음이지

날 새는 줄 몰랐지

달은 뜨는 게 아니야
끼어드는 거더군

화로

회초리 같은 겨울이다

가장 먼저 추워지는 식솔을 위해
가장 나중까지 따뜻해지는 꽃은
어디나 있게 마련

꽃이 벙그는 화롯가

꽃받침처럼 둘러앉은 이들이
공손히 손금을 펼쳐 보인다

등이 굽고
손이 굽는
영하의 날에
오늘의 운세처럼

어떤 꽃은
화력을 다해 핀다

간판집 사장이 쓴 시

홀딱 벗고 나왔으면서 걸 데도 없으면서
걸기를 좋아한다 걸어야 직성이 풀린다
간판을 건다 사람들만이
간판에 목숨을 건다

간판은 있느냐 물어물어 찾고
간판 없음을 부끄러워하고
간판 있음을 부러워한다

명함 명패 명찰은 지들끼리
끼리끼리 주고받는 호들갑
사십 촉 형광등 줄줄이 엮어
불이라도 밝혀주랴

빨강 노랑 이목구비 훤칠한 간판을 걸고
흰뺨검둥오리처럼 뒤우뚱거리는 사람의 우쭐이란
얼마나 우스꽝스러운가
추켜올려도 자꾸 흘러내리는
헐렁한 빤쓰 같아서

아랫도리만 벗으면 벌거벗은 임금인데
알알이 고만고만 한 아버지들인데

십팔 층

높은 건 사람이 아니다 집만 높았다
키만 커서 허우대 멀쩡한 집
팔방미인 같은 전기가 넋을 놓기라도 하면
십팔층의 식도를 오르내리는 승강기는 식음을 전폐한다

내 사는 곳 하필 십팔 층

시팔시팔 콧김을 내뿜으며
살 발라낸 등뼈 같은 계단을 오른다
욕에는 등을 밀어주는 동지애가 있다 끈끈함이 있다
높은 건 집이었으나
집은 제 몸값을 높일 생각이 없다

높은 사람은 자리도 높다
높은 자리에 몸을 깊숙히 파묻고 내려다 보는
상사의 눈치를 살피는 아랫것인 내가
발 아래 일개미들이 개미굴을 드나드는 걸
내려다 보는 기쁨도 잠시

십팔 층은 높은 곳
음식물 쓰레기를 비우러 낮은 곳으로 임해야 한다
올라본 일 아득한 안사람은 하느님 다음으로 높다

콧대 높은 상사도 아내 앞에선 경건해진다
그는 그대로 교리요 종교다
부흥을 장담할 수 없으나 나는 나대로
개종한 지 오래 되었다 안 보고도
믿게 되었다

모든 두려운 것은 뒤쪽에 있다

두려움은 자랑이 될 수 없다
두려움은 꼬리가 긴 짐승의 괴로움
자랑이 되지 않는 꼬리는
뒤를 좇는 자에게 바치는
좇기는 자의 공물

잘려나간 꼬리의 처연한 눈빛과
마주치기 전에
빛의 속도로
자리를 피해야 한다
자리를 뜨는 생이별이 빠져나갈
비상구는 이쪽인지 저쪽인지
너를 두고 나는 간다

아무르장지도마뱀은
겨를 없이

모든 두려운 것은 왜 뒤쪽에 있는지

꼬리의 흔적만 간신히 남은 내가
너를 거기에 두고 온 적 있던가
뒤를 돌아보았던가 말았던가

꼬리가 길어서 서글픈
별똥별 같은 밤이다

햇살 도서관

속이 꽉찬 배춧속 같은 책들을
햇살은 겉잎부터 훑는다
철학 인문학 물리학 시집에서 소설까지
두루두루 섭렵하는 햇살의 등쌀에
책등은 무채색 표지는 표정을 잃었다
열람실에서 햇살만 즐겁다

시집코너가 있는 남향은
창밖의 남자 같은 햇살이 제일 좋아하는 향
오래 머물다 간다
눈 맑아지고 가슴 훈훈해지는 시집들은
하도나 손이 타서
고갱이를 감싼 표지는 누렁잎이 졌다

열두 시와 한 시 사이의 열렬한 독서
책 넘기는 소리 뜨겁다
햇살 쨍쨍한 날은 물론
눈만 뜨면 열람실로 달려간다
아직 문 열기 전인데 문도 안 열었는데
창밖의 남자처럼 서 있는 남쪽
책꽂이엔 책만 꽂혀있는 게 아니다

>
오늘은 휴관일입니다
써붙여도 가는
햇살도서관

매발톱은 동물성입니까

매가 꽃을 흉내낸 건지
꽃이 매를 흠모한 건지

꽃의 시절을 사는 매발톱이 있다

허공에 기대는 건 매나 꽃이나 매 한가지
발톱 곧추 세워도 걸리는 것 없어
암만 뜯어먹어도 배 부르지 않은
분꽃의 분냄새나 그러쥐고 있으면
사는게 향기롭기는 할까

개량 아니면 개종이겠지
개과천선이었을지 몰라
승승장구하던 날개는 꽃잎으로 바꿔 달고
쇠스랑 같은 발톱은 꽃물 들여 장식하고
어머 어머 애좀 봐
가슴 들이대는 여자 콧등이나 간지럽히는
한 때

매는 꽃에 매인 몸이라
피를 보던 발톱은 꽃에게 줘버렸어도
아직 옛적 버릇은 남아

매발톱을 자랑처럼 장착하고 치장하고
기껏
허공의 가려운 등에 발톱자국을 남긴다
쥐 잡아 먹은 여우 같은 빨간 립스틱이 나타나면 슬쩍
매발톱을 꺼내보이는 낙으로 사는
매발톱꽃

육식의 날은 잊었다고
발톱에 찍어먹는 바람이 달다고

2부

실록

우산과 양산이 되어준 허공 세 평
직박구리 지지고 볶는 소리 서너 되
바람의 한숨 여섯 근
불면의 밤 한 말 가웃
숫기가 없어 뒤만 졸졸 따라다니던
그늘 반 마지기
산까치가 주워 나른 뜬소문 한아름
다녀간 빗소리 아홉 다발
오디 갔다 이제 왔나
고라니똥 같은 오디 닷 양푼

오디만큼 달았던 방귀는
덤이라 했다

산뽕나무 한 채 헐리기 전
열흘 하고도 반나절의 기념비적
가족사는 이러하였다

일가를 이루었던 세간이며
식솔들은 뿔뿔이 흩어졌다
덩그러니만 남았다

해미읍성

성은 왜 성인지
모나서 못난 것들끼리
두리뭉실하니 미끈하게 빠진 놈은
끼어들 틈도 없이
혼연일체의 자세를 보여주는
고만고만한 돌들의 의기투합을
뭣이라 해야 하나
정분이 나서 정을 쌓은들 이만 할까
정 맞은 돌이 그러하듯 점 하나 찍은 데 없이
애 머리통 같은 굴러온 돌은 감히
어찌해볼 수 없는 진득한 체위로
내 몸 위에 네 몸을 얹고서 여태
이러고 있네
내려올 줄을 모르네
시큰둥 무심하기 이를 데 없으나
누가 봐도 성스럽기 그지없어 성이라 한다면
가슴에 한 가슴을 포개어 이룩한
흔들림 없는 돌들의 백년해로쯤
돌들의 뜨거운 가슴 빼곡한
해미에선 일도 아니네

금강산사우나

가기 싫다는
어린것의 손목을 잡아 끈다
등을 떠민다
어미곁을 떨어지지 않으려는
어린 송아지 같았으나

정작 아들놈은
물에 들어 물놀이를 하느라
때를 잊었고

아버지는
때를 벗기느라
때를 잊었다

물안개 피어오르는 무릉도원 같았으나
물 좋은 금강산사우나에서
신선 같은 아버지는 때를 벗었고
시동 같은 아들놈은 때를 잊었다

골목의 표정

잎 다 떨군 층층나무다
전봇대는 이래뵈도 꽃나무

전봇대 발등에 한 양재기 분량의
오줌을 부려놓는 술꾼 때문에라도
뉘 집 전깃불에선 지린내 방실방실
피어오르겠다

전봇대면 어떠한가
몇 순배 입술을 주거니 받거니
못본척 해주는 층층나무 아래
불붙은 남녀의 달달한 맹세에 뉘 집 전깃불은
분홍분홍 피어나겠다

정신이 오락가락 하는 할망 때문에
깜박깜박 피고
육시럴 니미럴 하는 욕쟁이 때문에
씨부럴씨부럴 핀다
뿌린대로 거두는 장딴지 굵은 전봇대
실핏줄 타고 꽃이 오는 저녁은 꽃시절
전봇대가 부양하는 십오 촉 육십 촉 꽃들이
골목을 닮아간다

가지마다 주저리주저리 꽃을 밝히는

찌릿한 저녁이 와서

다투어 화색이 도는 골목

바닥경전

물 들어 가신다

튼살 같은 논바닥에 물꼬를 트던 날의
해갈의 안도
내 입에 밥이 드는 일보다
내 몸에 피가 도는 일보다
벼꽃이 피어 환하던 날처럼 환하던

조바심의 나날들 낱알로 영글어
곳간에 들일 숨과 땀만 천 근 만 근

흙물이 빠진 적 없는 당신의 발바닥은
논바닥을 닮아간다 쩍쩍 갈라지기 일쑨데
그쪽으로만 다리를 뻗고
가문 날은 몸보다 먼저 달려간다
득달같이 달려
정 주고 돌아오는 두 마음이
농심이라면
두 집 살림도 부끄럽잖은 발바닥의 기록
발바닥의 거룩이
이 바닥엔 다 담겨있다
반도의 민초들이 마른논에 물 대는 소리로

일궈놓은 그 경전
발바닥천수경 논바닥대장경만 한 것이
이 바닥엔 없다

종이컵

우린 너무 쉽게 만나고 너무 쉽게
뜨거워진다
너무 쉽게 주고 너무 쉽게
끝내버린다
다음이라는 말은
가당찮다
나중이라는 말도
의미 없다
당신에게 버림받고
덩그러니가 된다
당신을 만나기 전 나는
우두커니였다

오늘의 기분

오늘의 기후를
오늘의 기분으로 읽어도 무방하다

수문 활짝 열어놓은 하늘
비를 쏟아부으려는지 이부자릴 펴고 드러눕는
구름의 잠버릇은 때때로 고약해서
드르렁으르렁 코 고는 소릴 우레라고
얼버무리는 기상청이 있고

내 이럴 줄 알았다
막무가내 뛰어내리는 비 때문에
비 온다 빨래 걷어라
목청 돋구던 할미꽃 같은 할매는
허청허청
구름 타고 장으로 가시고

오십 미리는 족히 오겠습니다
우산까지 들고 나와 호들갑 떠는 아가씨에게 건넨
철썩 같은 믿음은 종종
과녁을 빗나가 내가 나를 실망시키고

겉만 번지르르한 구름 탓일까

겉 다르고 속 다르잖아욧

비를 파종하는 척 슬그머니 꼬리를 감추는

늙은 여우 같은 하늘과 한 판 붙고 싶은

오늘의 기분

오리백숙

몇 걸음인지
열 손가락으로는 셈 할 수 없는 거리를
땀 뻘뻘 흘리며 여름이 도착했다
그래 그걸 핑계삼아
오리백숙을 먹어줘야 한다면
백숙집을 찾아 오리 정도는 걸어가는 성의를 보여야
박달재 오르막길 같은 목구멍으로 뒤우뚱뒤우뚱 넘어갈
오리의 등 떠밀 염치가 생기지 않겠나
오리 얘기가 나왔으니 말인데
가오리 가오리 하면서
한 번도 다녀가지 않은 이 있다
눈 한 번 마주친 적 없는 가창오리 같은
여자의 오리무중 보다야
이 한 몸 던져
이 몸의 근력이 되어주겠노라고
가마솥으로 뛰어드는 일면식 없는 오리가
어찌 갸륵하다 하지 않겠나
그깟 몇 리나 된다고
단숨에 오리를 해치운 힘으로
이 자릴 빌어 채근하노니 그대
오리 안 오리

회장실은 부재중

급한 볼일 보는 건 이 쪽이나 그 쪽이나
매한가지 아니냐 하겠지만
화장실과 회장실은 하늘과 땅 차이
그런 까닭에
화장실은 신분상승을 꿈꾼다
말이 되는 소리냐 타박해도 어쩔 수 없다
세상은 요지경이라
혹여라도
부재중인 화장실이 시침 뚝 떼고
'ㅏ'를 'ㅣ'로 바꿔 달거든
문 걸어잠그시라
용변을 보는 당신 시침 뚝 떼시라
일인지하 만인지상
변기를 용상 삼아 업무를 처리하는
왕회장이 되시라

노크를 한들 열어줄 턱 없는
회장실은 콧대가 높다
똥을 지릴 만큼 급하다 한들
회장과의 독대는
꿈도 꾸지 않는 게 좋다
화장이나 고치려고 화장실을 드나들지 마시라
당신도 회장이 될 수 있다

신라의 달밤

모월 모시 모처에서 모처럼 만나
신나는 밤은 신라의 달밤입니다
신라의 사내는 신라의 고분처럼 봉긋 솟아올라
전망 좋은 주막을 그냥 지나치지 못합니다
고분고분 목을 축이고 길을 재촉합니다
너른 들판이 펼쳐집니다
황산벌 같습니다
힘겨운 전투를 치렀을 힘없는 나라의 장수를 추억합니다
말 달리자
신은 과유불급이라지만
마음 급한 사내로서는 도리 없지요
말발굽 소리 요란한
심야의 소란은 통과의례입니다
이마의 땀이 그것을 증명합니다
달려온 자를 위한 졸음쉼터 같은
침엽수림이 민낯을 보여줍니다
누군 신전이라고 칭송하는 시를
지어 올렸다지요
경건에 경탄을 자아내게 합니다
열려라 참깨 같은 뜬금없는 주문은
겉치레입니다 주문은 잊기로 합니다
젖 먹던 힘까지 쏟아부은 자만이 누리는

입장의 뿌듯함
달빛 달달한 숲에 들어 성찬을 받습니다
로마의 휴일 만큼이나 달콤합니다
잉잉거리는 꿀벌이 되어도 좋겠습니다
죽어도 여한이 없는
신나는 밤입니다

아니온 듯 다녀가시라

늙은 어미의 쪼그라든 가슴 같은 모항이나
멀기도 멀어 가다가다 포기하고 만다는
만대항엘 와 보시라
칫수도 제각각 상표도 제각각인 배
수십만 평 바다농사를 짓는 뱃사람들이
신었다 벗었다 하는 나막신을 신어보셨는지

물에선 물찬 제비가 되는 신들이
뭍에선 물 먹은 벙어리가 되는 신들이
만삭의 몸으로 돌아와 몸 풀고 나면
밑천 드러나는 밑창
갯바람만 벌컥벌컥 들이켜 헛배만 부른 포구엔 한사코
뭍을 향해 뱃머리를 둔 신들 뿐인데
너덜너덜해질 때까지 갈아신을 줄 모르는 우직함에 대한
신의 신의라는 걸
한 배를 탄 뱃꾼이 모를 리 없지
모른척 할 뿐이지

고무신 거꾸로 신을까 말까 하는
여자 때문에 속끓는 사람은
모항이나 만대항을 한 번 다녀 가시든지

오이소 가지 마오

참 실하기도 하지,
튼실한 것들은 발소리를 듣고 크는 게
아니다 말소리를 듣고 큰다

여름 텃밭은 텃세가 심하다
발기 안 된 것들은 얼굴을 들지 못한다
오이꽃을 떠난 오이가
가지꽃을 버린 가지가
기고만장한 제 물건을 물끄러미 내려다 본다

길이와 굵기를 더할수록 자긍심은
하늘을 찌른다
기고만장한 것들에겐
서서쏴 자세만이 정통한 사격술이어서
남들 다 엎드려 자는 밤
오이를 떠난 오이꽃
가지를 떠난 가지꽃

사격표적지 같은 하늘로 우루루
날아가 박히는데
발기인 명단에 오른 별자리들은 오이며
가지가 쏴올린 것들이다

간밤의 일을 알 리 없는 아비도 한때는
에너지 충만한 에너자이저였으나

실탄 다 떨어진 끝물의 아비
수음으로 스스로 자긍심을 키우던
소싯적의 사내처럼 굵고 실했을
끝물 오이를 수돗물에 씻고 있는
나른한 아침이다

구인광고

사람을 구합니다를
사랑을 구합니다로 읽을 때

저들의 계절은 목마르다
목청은 목마른 것들의 포도청
목이 마를 땐 목놓아 울어야 한다
한 모금에 한 뼘씩
네게 다가가기 위해선
고성방가 목 터져라 울어야 한다
고래고래 확성기를 틀어대는 마음을
먼발치의 너는 아는가 모르는가

사랑은 절벽을 오르는 일처럼
까마득할 때가 있다
사람이 사람에 매달려 우는 일이나
매미가 나무에 매달려 우는 일이나
마음 절절 끓는 건 매한가지

확성기에서 쏟아져 나오는 선심성 공약
절절 끓는 구인광고
맴맴 이 내 맴 알아주오
목청이 밀어 올리는 저

달콤한 언변때문에 덩달아

한 뼘씩 자라는 나무
한 뼘씩 열리는 허공

모노드라마

아무도 찾아오지 않는 저녁이다
방문은 방문대로 염치없다
입이 열 개라도 할 말 없는
그쪽으로 틈틈히 눈길을 건네며
혹시 잘못하고 사는 건 아닌지
반성이라는 걸 해보는 저녁이다

옆구리 쿡쿡 찔러도 대꾸없는 적막을
밀쳐두고 티브이를 켠다
화면 속 남녀는 저희끼리 다정다감
맛있는 걸 서로 떠넣어 준다
다른 쪽에선 저희끼리 쓰디 쓴 커피에 잡담을
섞어 희희덕거린다
어디 좋은 델 가는 모양이다
끼리끼리 저희끼리 피라미떼처럼 우르르
어딘가로 거슬러오르는 장면을 내보내는
방송의 미덕이 못내 섭섭하다고 생각하는 이 저녁

화면밖 남자에겐 눈길도 안 주고
밥은 먹고 지내는지 묻지도 않고

문밖의 외로운 해바라기 저보다 더

노심초사하는 해바라기의 어깨를 받아내느라
허리가 휘는 사태를 바라보고 있자니
나의 근황을 궁금해 하지 않는 이들이
미덥지 않다
쓴맛이 깊어 블랙커피 같은 하늘을
함께 음미해 볼 사람 없는지
타전해볼까 하는 작금의 일을 아무도
하나도 궁금해 하지 않는 이 저녁

고민하는 석류나무

저인들 복장 터질 일 없겠냐만
거사가 무르익기 전 까진
떨어트리거나 던지지 말것
석류가 수류탄이라는 사실
입 밖에 내지 말것
단단히 일러두었으나

석류나무 손아귀에 있는 전유물이
폭발물이라는 건 기정사실
절대 화기엄금
석류나무의 화를 부추기지 말것
석류나무 아래선 담뱃불도 붙이지 말것
언제 복장 터질지 모르니
석류나무 아래선 연애금지
애인의 신발끈을 고쳐 매거나
낯 가지러운 소린 지양할 것

혹시나
안전핀을 뽑을 기미가 보이거든
화를 당할 수도 있으니
멀리 줄행랑을 놓으시라

수국은 물을 좋아해

그렇군요 수국은
수군의 환생입니다
수국은 물을 좋아해
뭍이 아니라 물에서라면
싸움박질이 문제겠어요
열 길 물속이라도 끌어안고 뛰어들겠어요

수국나라 외곽에 떡하니 버티고 선
꽃 중의 꽃 헛꽃은
수국의 수문장입니다
그럴싸한 포즈로 제 역활에 최선입니다
햇살이 화살을 날리는 난리통에도
그러거나 말거나 수국은
오종종 머릴 맞대고 수군수군합니다
뭍이 아니라 물에서 죽은
수군을 기리는 게지요

추모객을 가장한 나비
헛꽃 앞에서 실랑이를 벌입니다
향은 피워보지도 못하고 돌아섭니다
내가 헛것을 보았나?
네 헛물을 켠 게지요

수국이 물을 좋아하기로
수국을 물로 봐서야 되겠어요

각질 탓일까

각질과 갑질은 한 배를 탄 형제 같아요
갑질은 마음의 일이고
각질은 몸의 일인 줄 알았죠
각질도 지나치면 갑질 되는지
붙어다니는 갑돌이 갑순이처럼
각질과 갑질이 눈이 맞았나봐요

발꿈치도 누군가의 기댈 언덕이 됩니다
기생노릇 하는 각질의 갑질이
여간 아닙니다
발 뻗고 눕기도 부끄럽군요
뒤가 구린 뒤꿈치보다
뒤통수가 더 화끈거리는 건
각질 탓일까요 갑질 탓일까요

각질은 발굴해야 할 갑골문입니다
발굴이 늦어질수록 낯 두꺼워지거든요
긁어 부스럼인 줄 알지만
꼴값이 하늘을 찌르는 갑질
마음을 갉아먹는 갑질을
두고볼 순 없잖아요
모퉁이를 돌면 보일거예요

슬슬 시작해 볼까요

사각사각

3부

내 그것은 중독성 외로움

장미가 담을 넘는 일을 탓한다면
담을 타는 고양이에게 분개할 것인가

꽃이랑 놀고 싶었다
마침 마음 한 켠이 비었길래 양귀비를 심어 나를 위로해
주었으나
염치없이 미인을 탐한다는 소문이 담을 넘은 모양이다

내 은밀한 취미를 관상용과 마약용으로 분류하여 꼬치꼬치
캐묻는 법은 꽃보다 한 수 위라서
양귀비 앞에 꽃을 붙이면 합법
양귀비에서 꽃을 떼면 불법이란다
남들은 나보고 시인시인 하는데
경찰은 날더러 시인하란다

양귀비는 왜 끌어들였죠?
끌어들이긴…… 흘러들었지

냉큼
엄지손가락 도장밥 먹여
내 그곳보다 희디 흰 진술서 낱장마다
양귀비 꽃잎 하나씩 그려넣어주고 왔다

꽃에게 마음 준 일 이리 붉다

내 그것은 중독성 외로움
선천성 그리움*보다 중독성이 강하다고 각별히 유념하
라며
안그럴 것 같은 경찰이
문 밖까지 배웅해주었다

* 함민복 시인의 선천성 그리움

당신은 꽃을 쓰세요 나는 시를 썰테니

잊을만하면 나타나곤 한다
시의 행간에 목 빼고 앉아 먼 산 바라보는 목련
그녀 흰 목덜미에 마음이 흥하여
꽃이나 보러 갈까 하는 당신의 유혹
따라나설까 하는 이 마음의 유흥

수국나라 수문장 같은 당신
꽃보다 유창한 헛꽃의 말인 줄 알지만
내 시에 쏟아 붓는 살가운 환대로 받아
시냇물처럼 졸졸 따라나서지

이꽃 저꽃 시를 쓰는 창가
당신은 또 벌처럼 징징거리지
암술과 수술이 그러하듯이
이 생에 한 번은 해봄직한 신방을 차리고
시의 옷자란 말을 다듬어주는 동안
당신은 꽃에 물을 주고 켰다 껐다 하고
꽃의 흐린 말에도 귀가 솔깃한 당신에게
책상 모서리처럼 지루한 시를 이해시키느라
하루가 터무니없고
내 시를 오해하느라 한 시간이 하루 같은 당신

>
나무가 꽃을 버린 건지 꽃이 나무를 떠난 건지 분분하지만
그들이 그러하듯이
그놈의 시 때문에
우리 헤어질까 하는 말 꺼내지도 못하네
당신은 꽃을 쓰세요 나는 시를 쓸테니

그녀를 추억함

나도 좀
바라는 바가 있어
해바라기를 심었습니다

일편단심은 무엇을 바라
그쪽만 바라봅니까
굳세기가 외나무다리 같아서
심은 사람 심기불편은 아랑곳 없습니다

바라는 바가 왜 없을까요
애가 타면 얼굴도 탑니까
앉으나 서나 당신 생각입니까
앉아있는 꼴을 보지 못했습니다

오라시면 젤 먼저 달려갈꺼야
신호를 기다려 노란 신호등처럼 서있습니다
누우면 눕는 만큼 멀어질까
죽어도 서서 죽겠답니다

먼발치의 그분이 눕는 걸 보고서야
불을 켜둔 채 선잠에 들곤 하던 해바라기
바라는 바를 이뤘을까요

나무들의 연애

이 나무가 던지면
저 나무가 받는다

이 편에서 저 편으로
저 쪽에서 이 쪽으로
벨을 누르고 다니는 새는
나무의 번지수를 죄다 꿰고있는
나무들의 우편배달부

이 나무의 전언을 저 나무에게로
잽싸게 날려보내는 나무우체국
수취거절이 없는 새들의 속달우편은
항공우편보다 빠르다
배달사고는 걱정할 필요 없다
구구절절한 사연을 지지배배
읽어주며 친절을 베푼다

이를테면
이도령 나무의 사무치게 그립다는
그 간지럽고 남사스런 말을
성춘향 나무에게 쪼르르 달려가
곧이곧대로 읊조리는 인편이 있으니

나무와 나무의 은밀한 연애에 다리를 놓아
겨드랑이 땀내 나도록
메시지를 물어나르던
향단이새가 아니고서야
숲이 이토록 무성할 수가

기사식당

친구 왈
밥은 먹고 다니냐

모기 왈
겨우 먹고 산다네

척척척

화장술로 은폐와 엄폐의 능수능란을
과시하는 끈끈이주걱 같은 여자
척척척 보무도 당당한 그녀의 장신구
예쁜 척

모르는 척 못 이기는 척
속아 넘어가주는 파리의 남자여
척척은 너무 축축하고 끈끈해
척을 남발하지 마세나

억척 아줌마
엄지척 총각
안 그런 척은 이제 내려놓으래도 그러네
척과의 생이별을 겁내지 말래도 그러네

세상에나
이 세상 무궁무진한 척들을 봐
괜찮은 척 잘난 척 잘나가는 척
힘센 척 힘든 척 가진 척 가난한 척……

아무말 아무게 아무데나
척척 엉겨붙는 도깨비바늘 같은 척이여

교언영색의 자석이여 자숙하시게
척에 속지마세
척을 척결하세
척을 배척하세

배 아픈 척 피곤한 척 떨어져 나가더니
기껏
척하니 척에게 달라붙는 그대
앙큼한 척사파여

양말이 발끈

뭘 좋아하니? 묻질 않는 당신은
기꺼이 일방적이다
주문한 적 없는데 불쑥 내미는 발은
양말의 주식 일용할 양식
한 입 꺼리에 불과한 당신

받아들여야 바닥을 딛고 일어설
힘을 얻는다
당신을 마다할 이유가 없다
나를 일으켜 세우는 당신으로
뼛속까지 당신이고 싶은데
볼 일이 끝나면 정색하고 발을 빼는 당신
발뺌하는 당신 때문에
시들시들 풀이 죽는데
한 이불 덮고 잘 수는 없다 말하는 당신

우린 또 각자도생 각방을 쓰지만
문 밖엔 보는 눈이 많아
한 이불 속 남녀처럼 다정을 연출해야 한다
한통속이 되어 외출을 완성한다
나 없이 무슨 수로 자족할 것인가
아침마다 나를 발굴하는 당신은

뻔뻔한 도굴꾼

속속들이 파고드는 당신 때문에 나는 또

발끈

당신을 따라나선다

나비효과

꽃을 든 남자의 깎듯한 허리처럼
반으로 접히기 일쑤인 꽃의 명함
자본의 꽃은 카드
명함은 꽃의 자본이라는데
당연히 꽃들도 명함을 찍지
큰 돈 안 들이고 나를 알리기엔
명함 만큼 영험한 게 없거든
때가 되면 명함을 돌리지
명함 돌려막기는 카드 돌려막기 같은 것
자본에 취한 꽃들의 연례행사야

만주벌판 같은 민주의 벌판에도 꽃은 펴서
돈 대신 꽃을 돌리는 투표소
꽃을 든 남자 그 꽃 반으로 접어
투표함에 찔러넣는 비밀스런 마음이 그렇듯
눈치 빠른 선거운동원 만큼이나 재빠르지
비밀스런 꿍꿍이인 듯 찔러 넣지
가가호호
명함을 돌리는 유리창떠들썩팔랑나비는
누가 고용한 로비스트길래
그쪽은 고객의 발길 끊기질 않나

>
꽃의 명함이 나비라는 것쯤
눈치채셨을 테지만
꽃을 만나면 명함을 찔러주고 싶은 마음

배송완료

가다서다 꼬리에 꼬리를 문다
꽉 막힌 하늘
담당구역으로 제각각 흩어지는 구름
오늘이 가기 전 배송을 끝낼 수 있을까

어깨며 무릎이 시린 걸 보니
택배가 오기는 올 모양이다

예보에 없는 국지성 폭우는 배달사고
내겐 우산이 없어요
철 지난 핑계는 통하지 않는다

후불엔 절레절레
주문한 것과 다르거나 많거나 적거나
말 없이 부려놓고 나몰라라 가버리는 택배차량
택배기사는 기사도정신에 진심이다
단순변심으로 인한 반품은 절대사절
'파손주의' 던지지 마시오는 통하지 않아요
주면 주는대로 덥석
군말 없이 받으세요

한가지 아쉬운 점이라면

문 앞에 두고 가면 좋으련만
지붕에 옥상에 산마루에

착불로 오는 비
택배비 같은 비

줄자

세 치 혀를 놀리다니요

어설픈 내가
한 뼘
두 뼘
자벌레 같은 손으로 어림짐작 할 때
개미핥기 같은 혀를 내밀죠

그럴 리가요
한 치
두 치
세 치
정확한 수치를 들이미는 여자
백치 같은 여자랍니다

노자
장자
영자
명자도 아닌 여자
머리만 커
해바라기 같은 여자

사랑 참,

바람 몹시 불더군
요사스런 봄이었지

내 마음 나도 몰라,
마음이 들떠 몸도
붕 뜨는 거라
파란만장 꽃중년의
헐렁한 사각빤스 같은
봉다리

가라앉히라
가라앉히라

천하장사 쇠주먹만 한
돌덩이 줏어와
눌러놓고 왔지

정숙 씨

숭늉을 내놓을 우물은 없으므로
냉수로 흡족하다
우물을 떠난 물은 흘러흘러
내게 강 같은 평화

물 긷는 이는 뉘신가
물은즉
정숙이라 한다
고향을 물은즉
웅진이란다

우물가에
바람난 처녀 있을 리 없고
볼 붉은 앵두나무도 없다
버들잎 띄우는 낭만 같은 건
바라지도 않는다

삽입에 대한 오해

점잔 떠는 사람들이
삽질이라 에둘러 말하는 삽입
삽입이 뭐 어때서

삽질은 갑질을 포장하려는 권모 씨의 술수
삽입의 거룩을 곡해하는 자는
보라,
삽입이 어디서 오는지
삽은 온몸으로 입
삽과 입은 떨어질 수 없는 자웅동체
삽은 입으로 먹고 산다

대지의 오르가슴이 삽을 부른다
한 술 떠넣는 일에 저토록
열과 성을 다하는 삽의 근면 삽의 성실을
불미한 입으로 떠들어대는 자들은
삽입에 자신 없는 족속

새벽종이 울려도
새아침이 밝아도 여전히
구제불능인 사람은
발기불능 다름 아니므로

출입을 삼가해 주시라
삼가 조의를 표하는 바

능소화의 잠

그 곳
소화의 하나뿐인 집

헛손질 보다 까마득한 게
헛발질이라

허공을 버리고서야
또렷해지는 꽃의 문장

끈 떨어진 종처럼 종말처럼
잠의 능멸에 빠져드는 여자

누추도 기꺼이
와불로 돌아가는 꽃의 잠

논어

논 모 벼 쌀 밥 똥 논

외마디
논을 빼고는
논할 수 없는
논의 언어

논에서 와서
논으로 되돌아가는
포슬하고 기름진
말씀 한 줄
무논의 극진을
나는 본다

호떡집에 불났으면

달을 납작하게 구워낼 줄 아는 여자
부풀어 오르는 마음 억누르고
보기 좋고 맛도 좋은 블루문을 찍어내는 여자
뜨겁기가 솥뚜껑 같은 여자를
애인으로 들인 탓일까
사내는 호떡 뒤집듯 쉬는 날을
혼동하는 일 다반사다

무관심하다
애정이 식었다
내가 싫어진 것이냐
흑설탕처럼 흘러내리는 타박과 핀잔을
수습하느라 데인 자국이 곳곳

나는 불판에 오른 반죽
그녀 앞에 납작 엎드려
달달하게 익어가는 중이다
핀잔이 뜨겁게 달아오를 땐
까맣게 타버리기도 하는 반쪽짜리 달
그리하여
그녀의 흑설탕 같은 말씀
꾸역꾸역 새겨 넣는다

>
매주 월요일
매월 첫째주 일요일
호떡집 쉬는 날

호떡집에 불났으면

설화雪話

덜 아픈 내가 더 아픈 너를
끌어안고 눕는 고등어 같은 밤
때는
설
설
설
염장을 지르는
끝물의 십이월

소금창고 같은 집으로
저녁이 와서
간고등어를 굽는 심심한 위로가
옆집 담을 넘으려 할 때
눈치없는 연기를 주저앉히겠다고
눈은
부랴부랴 내려쌓는다

모든 상처의 어머니 같은
눈
눈보라
어머니가 또
염장을 지르신다

빨대의 순정

너를 보면 꽂고 싶어
쪽쪽 빨고 싶어
그렇고 그런 고백의 배후에
삐닥하니 버티고 섰는 그것이 바로
입술의 버팀목입니다만

한 입으로 두 말 하지 않아요
한 번 쓰고 버리지 않아요
비록 일회성 생을 살지만
일회용은 사절합니다

목이 마르군요
꽃차나 한 잔 할까요
제멋에 겨워 가는 단골집
꽃다방에 주문을 넣습니다
타는 목마름으로 꽂고 빨고
꽃은 꽃에게 돌려주고
연장은 둘둘 말아 넣어두기로 합니다
취한 기분으로 길을 나선다고
누가 뭐라겠어요

참, 깜박했군요

쓰고 또 쓰고 다시 쓰는

빨대의 기쁨

빨대의 순정을 아시는지요

4부

고독이 말 걸어올 때

뒤통수 치는 일
가슴에 못 박는 일
만으로도 못된 놈 소릴 들을 터
이 못된 일을 동시에 벌이는 놈은 얼마나
못돼먹은 놈인가

존재를 증명하기엔 벽만 한 게 없다
이별의 말을 묵묵히 엿듣던 벽을 향해 날리던 주먹처럼
뒤돌아 서던 사람의 뒤통수 같은
못의 정수리를 후려치면
놀란 가슴 추수릴 새 없이 못을 끌어안는
벽의 다정
못과 벽의 친밀을 이해 못할 바 아니나
이해 못할 정적은 다정이 될 수 없으므로

나 여기 있어요,
묵묵과 침묵을 켜켜이 쌓아 이룩한 벽
냉가슴 앓기는 마찬가지인 벽에 못할 짓을 벌인다
쿵쿵쿵 뛰는 가슴
벽 너머 이웃은 고독이 말 걸어올 때
어떤 말로 화답할까
입 무거운 벽에게 다짜고짜 말 걸어보는

아직 살아있어 사람인 사내
가슴에 못을 박고 뒤통수를 치면
생겨나기도 하는 살아있음

쇠똥구리 인류

굴려야 할 게 어디 한 두 가진가
자금을 굴리고 목돈을 굴리고
자가용도 굴리고
머리를 굴려야 인생이 제법
굴러간다니
개똥밭에 굴러도 이승이 좋다고
혀를 굴리는 것 아닌가

글러먹었다라는 말은
제대로 굴려보지도 못한 이들의 입에서 나온 구린 말
굴려먹는다라는 말의 쓸모는 여전히
유효해서
굴리며 살 사람들의 유일한 지분이자
상속인
개똥밭 잘 빚은 개똥참외만 한 행성은
얼마나 굴렀길래 모난 구석 없이
반질반질한가
열 아들 부럽잖은 지구라는 유산
굴리는 재미가 없다면
무슨 낙으로 살텐가
자본이 빚은
도시의 쇠똥구리들은

시월詩月

가슴 덥힐 일 하나로 충분한
감흥이 없다면
감나무 푸른 옷소매를 적시던
달은 없다
달빛은 말할 것도 없고
달력은 쓸데 없고
별이 빛나는 밤 같은 건
애저녁에 없고
그날그날 일용할 날日은 덧없고
흰 손수건 떨어트리던 목련의 수작은
멋쩍고 빛이 바래고
여기,
달력에 동그라미를 치며
홍시紅詩를 쥐어 줄까 하는
시월의
가슴 물컹한 애인은 없고
연애도 없고

아,
이 마저 없다면
시 마저 없다면

삼계탕

탈탈 털릴 수 있습니다
도난에 주의하십시오
저희 목욕탕은 분실에 책임지지 않습니다

다리를 꼰 채 몹시 홀가분한 포즈로
탕을 독차지한 저 여유만만은
여느 목욕탕 풍경과 별반 다르지 않으나
목욕삼매에 빠진 닭은
탕을 들어갈 때와 나갈 때가
사뭇 다르다

때를 잊어도 좋으련만
냉탕 온탕 열탕은 삼계탕三界湯이라네
싱거운 우수갯소리나 풀어놓으며
삼계탕 뚝배기 같은 우리 동네
학돌사우나에 담겨
냉탕 온탕 열탕을 순례하는 내가
때때로 때를 벗길 때 너는
때도 없이 훌러덩 옷을 벗는다

때는 중복
탈탈 벗어제낀 숫닭 같은 내가

탈의실 귀중품을 챙길 때
귀중품 보다 귀하신 몸 몽땅 털리고
뼈만 빠져나오는 닭
탈탈 털린 닭

아이나비

아는 길도 물어가랍니다
길 눈 어둔 내게 길잡이를 붙여주시네요
가 본 길도 허둥대기 일쑨데
우주와 내통하지 않고서야
초행길을 손금 보듯 합니다
길눈 어두운 사람에 비할 바가 아닙니다
꺾으라면 꺾고 돌리라면 돌려야 합니다
잘못 든 길에선 잠시,
적막이 흐르기도 합니다
투정을 부리지 않아 안심입니다만
말이 많아 말 섞을 틈이 없습니다

말씀의 순종은 탄탄대로를 보장합니다
적요로울 틈이 없습니다
나비는 나만 바라보고 나는
앞만 보고 달립니다 당분간
훨훨 날 일은 없을 듯 합니다
나비라 해서 날아야 한다는 법 있나요
낡은 관행을 벗어야 합니다
날 것은 가고 탈 것만 남아
날개를 벗어던진 까닭입니다
아무렴 어떻습니까

누가 뭐래도
내 눈에 나비입니다

약국의 힘

나는 표류하는 배
어느 때나 나를 이끄는 손은 있어
배를 대고 누으면
배에 오르던 당신의 약손은
무한한 약속 같은 것이었다
약방도 없는 마을
약방문 같은 당신의 주문은
신통방통한 처방전이어서
약손의 등장만으로
배의 난리법석은 평정되었다
나은 듯이 씻은 듯이
배앓이는 수습되었다
비법이 뭐냐니
단풍잎 같은 더운 손을 펴 보이던 당신은
약국의 개입으로
사후약방문이 되었으나
가는 곳곳 여전히
손수 빚은 환약 같은 달로 떠서
배를 밀며 간다
백 년 전의 약속 같은 약손
내 손은 약손이라는 말

족보

누가 먼저
첫 발을 내딛었는가는
부질없다
한끗 차이로
앞서거니 뒤서거니
다투는 한이 있어도
따로 갈 순 없다

어디
떼어 놓고 올 수도 없다
우리 이제 갈라서
이따위 말
내뱉을 수도 없는
당신의
왼발과
오른발

바람인형

바람을 들이마시는 것만으로 통통하게
살이 올라요
바람의 맛이 왜 이래
불평할 수 있겠어요?
끼니를 놓친 날은 꿰다 놓은 보릿자루가 되죠
바람으로 배를 채우면 어깨춤을 곧잘
춘답니다

바람이 빠져나가기라도 하면
골다공증 앓는 사람처럼
몸을 벗은 옷처럼 풀썩 주저앉아버릴 수밖에요
바람이 다시 나를 주워 입을 때까지
시든 배춧잎처럼 시무룩해지는 일 말고
뭘 할 수 있겠어요

바람은 영혼이 자유롭고 나는 몸이 부자유하니
바람 없이는 아무일도 하지 않는 내가
나 없이는 아무것도 아니라는 바람이
아랫도리부터 천천히 일어섭니다
신명이 별건가요
서로 부둥켜 안고 푸다닥푸다닥
바람춤을 춥니다
이리 오시라 어서 오시라

돈워리 비해피

　먼 데서 온 손님처럼 왔으나 아주 눌러앉아 한솥밥 먹는 누렁이. 그냥 누렁이로 하면 어때? 누렁이는 촌스러워, 나까지 촌스러워질라 고민 끝에 붙여준 이름 워리. 근사해지길 바랐으나 이름만 근사했다. 팔자가 달라지기를 바랐으나 보는 눈만 달라졌다. 엉덩일 하늘로 치켜세우고 끙끙거리면 용케 알고 달려들어 뚝딱 해치우던 워리의 깔깔한 혓바닥은 종종 내 입술을 거쳐갔으나 까칠한 우리 우정은 의외로 달콤 쌉싸름했다. 흰고무신 물고 나가 빈손으로 돌아온 날에는 홀로 남겨진 한 짝으로 두둘겨 맞아 벌개진 낯짝을 끌어 안고 우린 별을 헤었다. 워리의 눈빛은 별보다 촉촉했으나 돈독한 우정은 길게 가지 못했다. 말복을 향해 달려가던 여름이 개장수를 불러들였다.털털거리는 오토바이를 타고 낯선 여행을 떠난 워리. 의리의 사나이였던 워리. 워리의 반질반질한 밥그릇 앞에서 나는 쫄쫄 굶을 꺼라고 버텼으나 꿀밤을 이마에 새겨넣고서 명분없는 파업을 접었다. 워리야 밥은 먹고 다니냐?

말년

소리라고 보낸 소나기 같은 말들이
문전에 닿기도 전에 우수수 떨어집니다
소리가 되지 못한 소리들이
땅바닥에 나뒹굽니다
아이고 아까워라

떨어진 깨알들을 주섬주섬 주워담는
당신의 말년은 동냥아치 같아서
아들의 언성이 높아집니다
자꾸 볼륨을 높입니다

아서라
소리는 듣는 게 아녀
줍는 거란다
입을 떠난 소리들을 주워담는 일이
말년의 소일거리가 되었습니다
TV가 내보내는 깨알들로
드라마틱한 어미의 방은
고소하기짝이 없습니다

소리는 주워듣는 게 아녀
눈치코치
주워담는 거란다

달달 무슨 달

낮엔 살기 바쁘고 밤엔 자기 바쁘니 달이 뜨면 믿기로 해요 눈에 보이지 않는 신은 믿지 않기로 해요. 정안수 한 사발로 신과 소통하던 옛 할머니의 종교였던 쟁반같이 둥근 달은 나의 신앙이기도 해요. 믿음의 모서리가 모나고 각져서야 되겠어요. 어둠의 세력을 물리치는 데는 달빛경전만 한 게 없죠. 이단이 손을 뻗칠 수 없는 저 형형한 말씀을 우러러 보아요. 문밖은 온통 달빛교회당, 굳이 집회를 열지 않는 밤의 성전은 적요롭긴 해요. 전도라니요, 달 아래 온 인류가 달빛성도인 것을. 부자세습은 가당치 않아요. 달은 만민을 위한 만인의 종교잖아요. 신실한 성도께서 달이 떴다고 전화를 주시네요. 문을 열어젖혀요 달빛 성큼 들어오시도록. 달달한 대보름이잖아요.

제주은갈치

어서들 나오세요
제주에서 방금 잡아온
싱싱하고 맛있는 제주
제주은갈치가 왔어요
세 마리 마 넌
세 마리에 마 너언,

골목의 식욕을 돋우던 목청이
자취를 감췄다
은값이 금값이 되면
제일 먼저 꼬리를 감추는
제주은갈치
덩달아 꼬리를 내리는
애먼 식구들의 입맛은
제주보다 멀리 나앉는
재주를 부렸다

골목의 심해를 누비던 제주은갈치
오르면 꼬리를 내리고
내리면 꼬리를 쳤다
잊을만 하면 나타나 염장을 질렀다
제주에서 방금 도착한

비릿한 말재주를 믿고
은은하게 꼬리치던
제주은갈치

민들레 무인텔

저 푸른 초원 위
샛노란 집이라면
잠시 쉬어갈까 하는
우리의 연애는
불륜일 수가 없어
불미스러울 것도 없겠네
낯가리고 아옹
할 것도 없겠네
뒷문을 기웃거리는 민망함은
불륜들의 몫

둥근 탁자
둥근 침대
둥근 잠
따뜻한 잠의 젖을 문 채*
맞이하는 꿈마저
두루뭉술
우리 사랑도 한없이
둥글어져선
천 년을 굴러도
거뜬하겠네

* 손순미의 눈보라 여인숙

114

명륜 3길 13번지

지나가야 한다
나는 여전히
지나가는 사람

대도관 앞마당 지나
울음산 공원 지나
가야관 주차장 지나
양유정원룸을 지나
여름 지나
가을 지나

겨울의 문턱에 이르도록
여전히 봄날인
간판집 봄날을 지난다
사장님 형편도 여전히 봄날일까
궁금해 하며
상 받으러 간다

배추흰나비 다니던 길을 삐뚜루빼뚜루
집 나온 사람처럼 어슬렁
배추꽃 우거져
앞마당 훤하던
엄마네 집으로

빨래의 기분

놈이 따라와요
신창곱창에서부터 줄곧
뒤를 밟았나봐요
놈의 응큼한 풍미가 느껴져요
옆구리가 근질근질 하네요
참을 수 없는 마려움 못잖은
가려움이 생겨나요
때가 탔으니 때가 된 건가요

그럼 벗겨주시겠어요
빨리 빨아주세요
가차없이 넣어주세요
이왕 넣는거
샤프란향이면 좋겠어요
몸 비틀며 체위를 바꿔가며 구르는 동안
옆구리에 날개가 돋겠어요

훨훨 날아갈 듯도 해요
활활 타오를 듯도 해요
빨래의 기분이 이런 거군요
당신을 통과하는 동안
옷이 날개라는 말이

구겨지지 않도록 부드럽게
빨아주세요

종이컵 2

귀 기울일 수가 없다
내게는 알아들을 귀가 없다
눈코입 다 봉해버렸으므로
몸을 기울일 밖에
나를 기울여 그 흔한
악수도 없이
통성명도 없이
당신 입술이 내 입술에 와 닿을 때
당신과 나는 안성맞춤
입맞춤은 그렇게 까닭없이 시작되고
느닷없이 완성된다
당신을 만나면 꼭
나를 따라주게 된다
나를 비워 당신을 채우는 기쁨
당신의 목마름이 나를 존재케 한다
하루살이와 별반 다르지 않아서
하루종일 한 그루 물구나무로 서 있는
까닭 이와 같아서
나를 일으켜 세우기도 하고
주저앉히기도 하는 당신

그녀의 그네

그녀 귓볼에 걸린 귀걸이가 그네로 보일 때
그녀 귓볼은 그네가 있는 놀이터가 된다
나는 호시탐탐 놀이터를 지나가는 사람
놀이터의 그녀가 그네가
자꾸 눈에 밟힌다
타보고 싶죠? 한 번 타고 가세요
귀가 간지럽다
나는 귀가 얇은 사람
나는 놀다 가는 사람
그냥 가면
못내 섭섭할 것이다

귀에 걸면 귀걸이라는 상투적인 말
몹시 귀에 거슬린다
내 눈에 그네, 라고 말하는 순간
매달리고 싶어져서
타보고 싶어져서
그네에 몸을 싣는다

그녀는 나를 주저앉히고
활주로를 박차고 오르는 전용기처럼
허공을 가르겠지 그러면 나는

날 부르는 소리에 귀 막고 눈 감고
다신 안 돌아올 것처럼
날아올라 날아올라
그녀와 함께 아이 좋아라
입꼬리가 귀에 걸리겠지

5부

풋

덜 여문 것들이 꺼내놓는
풋풋한 외마디
풋
막 제 살갗 뚫고 나온
외떡잎의 풋풋한 봄날 같아서

그럼 떠나볼까 하는 그곳

풋풋한 청춘들이 빼곡한 수목한계선을
넘어가려는
늦가을 가랑잎 같은 늙수구레를
자작나무 수문장은 막아선다
출입증을 보여주세요
내겐 출입증이 없고
막무가내를 데리고 오지 않았으므로
점잖게 돌아선다
쑥쓰럽게 굽은 등을 간지럽히는
풋풋한 것들의 풋,

그래 너흰 풋풋해서 좋겠다

겨울왕국

아무도 가지 않은 길
첫 발을 내딛는다

눈길 위에서 나는
건국의 아버지가 된다

눈에 밟혀 눈길을 거둘 수 없는
우묵한 나의 나라

발자국

물끄러미

꾸러미가 아니다
꾸러기도 아니다
막역한 사이거나
막연한 반려 같은
기다림의 빌미쯤 되는 그것이
그를 골몰하게 한다
그의 유일한 낙이면서
낙담과는 거리를 두는 그것은
생계와 무관치 않아서
먼 곳의 응시를 거두어들인다
바램과 바람은 서로 달라서
소심하게 구름다리를 건넌다
흔들어보며 기척을 살피는
이 모든 일의 선두에
험지를 마다않는 물끄러미가 있다
물끄러미의 귀환을 확인하고서야
만찬은 시작된다
물끄러미를 옆에 앉히고
한 술 뜨는
거미

퇴짜

수취인불명 보다
수취거절이 뼈 아프지
발송이 반송이 될 때
너에게 쏜 화살이 되돌아
내 등에 내리꽂힐 때
헛걸음할 때
헛발질할 때
이렇게 말하지
사람 참

란

백석에게는 란이 있었지

해의 현란
달의 산란
별의 소란
비의 탁란
꽃의 찬란
숲의 단란
바람의 착란
때때로
피란의 봇짐을 싸는
봄 여름 가을 겨울

이들의 휘황찬란이
생의 찬란을 모의하는
공모자들이라는 걸 네가
모를 리 없다

골라 쓰는 안녕

이 글을 보고 있다면
안경할 때가 된 겁니다라고 말하는 안경점 앞
안경할 때를 안녕할 때로 읽고서
나는 안녕이 하고 싶어졌다
반갑게 맞아주는 사장님의 안녕
근시일까 난시일까 원시일까
안녕하시게요?
안녕 좀 하려구요
안녕은 모양도 제각각
나의 안녕은 볼수록 답답하고
희끗희끗하고 안개낀 것 같고
나와 맞는 안녕을 위해 시력을 재고
평생 함께 할 안녕을 찾아 진열장을 순례한다

쓸만한 안녕은 여기 다 모였군
안경 너머 안녕이 또렷이 보인다
안녕하니 세상이 달리 보여요
진작에 안녕할 걸 그랬어요,
안녕하길 잘했어요,

이 글을 읽고 있는 당신
안녕할 때가 된 겁니다

치매

눈 내려쌓는 날의 누구든
매화꽃 피워 올릴 수도 있지
비탈 같은 어깨로 쉴 새 없이 눈은 내려앉아
설중매가 될 법도 한 이곳
비밀번호를 모두 맞춰야 들여보내준다네
비밀스러운 집이지
로또 같은 집이지
네 자리 숫자는 이 집의 수문장
번호를 대라 윽박지르네
고지식하기 이를 데 없네
밤새 머릴 굴린다면 눈사람이 될 수도 있겠네
숫자의 미궁에 빠진 사람은 바깥 사람

집주인도 몰라보는 집은
수문장과 내통하고 있음이 분명해
긴가민가를 무마시키려 매화꽃 같은 눈을 계속
내려보내지 설중매가 될 지경이지
고지식한 수문장은 눈 깜짝하지 않지
내가 나를 한 그루 매화나무로 세워두는
이 몹쓸 지병 치매
얼마나 근사한 이름인지
정수리의 치매꽃은 와글와글
호들갑이네

하자보수

전선의 찌릿한 전류와 장마전선의 길죽한 장마는
배 다른 형제 같다는 뜬금없는 생각도 잠시
장마전선을 타고 빗물이 줄줄
보기엔 멀쩡한 천장도 뚝뚝
누수도 문제지만
누전이나 감전이 더 큰 문제
벼락 물벼락 날벼락 각종 화근을
차단하기 위해 두꺼비집을 내린다
일찌감치 문닫고 들어가버리는 해
스위치를 내려버리는 달과 별
먹물 뒤집어 쓴 하늘
백지에서 먹지로 급히 지면을 교체하는 지상
누수가 지나쳐 침수되기 전에
언측과 추측이 범람하기 전에
날 밝는대로 윗층으로 뛰어올라가야 해
누수 원인이 뭐냐 따져 물어야 해
설계부실인지
구름을 건축한 시공업자 잘못인지
감리업체 잘못인지
그도저도 아니면 무엇 때문인지
영문도 모르는 하늘은 난처한 듯 난감한 듯
머릴 긁적이겠지

난청과 난처

생년월일이 어떻게 되세요
101동 303호
그게 아니구요
할아버지 생, 년, 월, 일요
부춘연립 101동 303호

생년월일과 십 분째 씨름하는
동사무소 여직원
인내를 십 분 발휘하는 중이렸다
둘 다
난처하기는 마찬가지여서
난처는 'ㅇ'을 빼먹은 난청
늙은이의 난청과
젊은이의 난처는 한 핏줄
서로 잇닿아 있으므로
둘은
친족처럼 친밀하게
맞장을 뜨고 있다

와불

앉아 있자니 오금이 저리고
서 있으려니 다리가 아프고
옛다 모르겠다
땅바닥에 누워버리는
돌부처

아이스크림 가게 앞을 지날 때
그냥 지나가니까
옛다 모르겠다
땅바닥에 누워버리는
애기부처

엘리베이터

동물성 플랑크톤이 빼곡한 아파트는
식성 좋은 대구의 서식지
입주민과는 주거니 받거니
혈연처럼 끈끈한 관계
대구는 아구보다 큰 입을 가졌다
주는대로 낼름 받는 입은 대구의 전부

먹잇감이 떼로 출몰하는 출퇴근 시간
대구의 문전은 성시를 이룬다
먹잇감에 합류하지 못해 발 동동 구르는 상황이 연출되기도 한다
편식을 모르는 잡식성이나
먹잇감의 출현이 뜸한 심야엔 함구하고
면벽수행에 들기도 한다

먹을 게 지천이라 배 곯을 일은 없다
먹잇감을 싣고 심해를 오르락내리락 하는 대구는
무얼 먹을까 고민하지 않는다
먹거리가 끊이질 않는다

나는 어쩌다 대구를 찾는 배달의 민족
달갑지 않은지 퉤 뱉어버린다

먹성 좋은 대구도 간혹 곡기를 끊는다
함부로 개봉을 시도하다 급전직하
활어차에 실려가기도 하는데
대구를 탓하면 못쓴다

연緣

피 끓는 청춘의 이마를
짚어주는 당신이 고맙다

물대접 같은 마음 혹시나
엎질러질까
지긋이 눌러놓았다

뭍에선 목련이
물에선 수련이

꽃필 날 올거라던
당신의 전언처럼 핀다

누르고 눌러도 안 되는
일이 있다

달빛 소나타

달에 열광하고 눈독을 들이고
달빛에 빠져드는 건
달의 두문불출 때문이라지만
벽장문처럼 잠긴 브라의 안쪽
무심코 담겨있는 달의 안색을 보아
시무룩하지 않은가

달의 인력을 부정하는 건 애저녁에
달의 의지가 아니다
부화를 꿈꾸는 달걀이 아닐진데
벽장에 갇힌 달에게 부활의 기쁨을,
달은 달에게
돌려줄 때가 되었다
달의 인력에 답하는 달의 기울기는
얼마나 아름다울 것인가
달의 출렁임을 숭배하는 이들은 또
얼마나 술렁거릴 것인가

봉쇄를 풀 때가 되었네
죄도 없이 갇힌 달을 사면하세나
벽장문을 열어 젖히세
달의 생애는 달에게 돌려주세

달의 해방이 여성해방 아닌가
여자여

형상기억합금은 더는 달의 둘레를
기억하지 않아도 된다
달의 주변을 장식하던 백도라지 같은
꽃무늬 브라의 답답한 위장술이여
권모에 집착하는 술수여
이제 안녕

인연설

이쪽과 저쪽이 잇닿아 있지 않고서야
여기와 저기가 맞닿아 있지 않고서야

물밑 접촉도 없이
그 먼 시간을 건너
생판 모르는 이 사람과
생판 모르는 저 사람이
사전 조율도 없이
짜맞춤 가구 이음매처럼 딱 맞아떨어질 수가

짜고 치는 고스톱도 눈치싸움 살벌한데
꽃이 봄으로 오는 일
목련이 목련나무 가지에 내려앉는 일에도
재고 또 재는 수고로움과
갈량을 거듭하는데

수 세기 전부터
눈길를 주고 받지 않고서야
수시로 전파를 쏘아 올리지 않고서야

나는 지붕 위에 올라 요리조리
안테나를 비틀어본다

풀썩에 대한 농

신작로가 놓이기 전
짱돌과 먼지가 튀밥처럼 튀어오르던
비포장길에 올라 탄 할매
어딜 가냐니
한 치 두 치
길을 재고 있다

자벌레 같은 할매가
빨랫줄에 반으로 접혀 물기를 말리는
옥양목 같은 할매가
흙먼지 흠벅 뒤집어 쓴 풀들의 등허리에
음으로 양으로 엉덩이 자국을 새겨넣고저
맥없이 주저앉을 때
이 말은 생겨난다
눈으로 듣는 말이 생겨난다

십시일반 밑자리를 깔아주며 풀들이
이구동성으로 내뱉는 말
그녀 엉덩이보다 무겁고 펑퍼짐한 말
등짐을 져본 풀들의 입에선
단내가 난다
풀썩이라는 풀내음

꽃은 꽃의 온도를 모르고

먹먹한 검정으로 와서
뜨거운 빨강으로 살다살다
잿빛으로 죽는
꽃의 무게
3.65킬로그램

영하의 겨울
꽃을 만나 따뜻해질 사람의
36.5도를 위해
기꺼이 꽃이 되는 시간
꽃이어야만 하는 시간
360분

꽃만 모르는 꽃의
착화온도 500도 언저리

그쯤에서 꽃은
활활 피는데
꽃이 식기 전에
손을 비비며 번제를 올린다
밥물을 올리고
고등어를 굽는

영하의 등 굽은 사람들 아직
여럿 있다

한겨울
꽃이 피는 이유

죽기 좋은 여름이야

죽기 좋은 여름이야
나의 마지막은 여름이었으면 해
화장장 소각로 같은 날을 골라
입구부터 마른 울음 풀어놓는 애도는
삼가 고인의 명복을 채근하는 조문객의 선의
그래, 매미 울음 걸쭉한 여름은
애도의 성수기야

매미 울음에 슬쩍 묻혀간들
만장처럼 펄럭이는 울음을 앞세우면
가는 길이 덜 외롭겠네
나의 슬하는 이것
따라 죽을 것처럼 우는 혈육 하나는
앞세워야 체면이 서지
빌려올 수도 없는 통곡
이라고 남 몰래 써봤다
부의봉투 같은 여름

슬픔의 힘

우기처럼 울기 좋은 날이
따로 있는건 아니지만
바닥에 주저앉아 눈물 콧물 빠트릴라치면
먼저 울고 간 이들의 눈물 같은
냉이꽃 개부랄풀꽃 꽃다지가 십시일반
밑자리를 깔아주지
책받침이 좋다고 글씨가 더 잘
써지는 건 아니지만
눈물에 꽃받침을 깔아주면
하
눈물이 달고나처럼 달아
긴가 민가 한 서러움이 또렷이 보이지

하늘의 눈물을 받드는 냉이꽃
개부랄풀꽃 꽃다지 앞에선
눈물 콧물 좀 흘려도 돼
수도꼭지 틀어 희부연한 유리창을 닦아내면
긴가민가 한 것들이 또렷이 보이고
머뭇거리던 것들이 우렁우렁 드나들지
때는 이 때다 싶지
사는 것처럼 살아보고 싶지

언어의 목을 비틀다

황정산 시인, 문학평론가

언어의 목을 비틀다

황정산 시인, 문학평론가

1. 들어가며

구조주의 언어학자 야콥슨은 "시적 언어는 일상 언어에 가해진 조직화된 폭력"이라는 말을 한 적이 있다. 이는 러시아 형식주의자들이 시의 가장 중요한 기능으로 말하는 '낯설게 하기'를 설명하는 말이기도 하다. 습관화되고 상투화된 일상어의 반복된 사용은 우리의 의식을 자동화시킨다. 반면 시적 언어는 일상 언어의 규범을 파괴하고 소통을 지연시키고 이런 일탈을 통해 사물에 대한 지각을 새롭게 한다. 시적 언어는 일상어의 낯설게 하기를 통해 이 지각의 자동화로부터 사물을 구해내는 것이라고 이들은 말한다.

그런데 최근 우리 시에서는 이 낯설게 하기가 오용되고 있다. 문법과 논리를 벗어난 절제되지 않는 난삽한 언어들이 낯설게 하기라고 주장하며 파괴된 언어의 파편들을 양산하고 있다. 시는 길어지고 이미지와 시적 의미는 파편화되어 그것으로 만들어진 말의 새로움도 지각의 새로움도

찾기 힘들어지고 있다. 낯선 언어의 새로움보다는 언어의
파편으로 이루어진 미로를 헤매게 할 뿐이다. 이런 시들에
서는 낯설게 하기가 이루어지기보다는 '낯섬의 상투성'이
반복되어 또 다른 의식의 자동화를 만들어낸다.

이원형 시인의 이번 시집의 시들은 낯설게 하기로서의 시
적 언어가 무엇인지를 다시 한번 생각하게 해주는 귀한 작
업들이다.

2. 언어를 비틀기와 세상의 이면

이원형 시인은 시를 써야 할 자기 나름의 이유를 다음과
같이 얘기하고 있다.

> 가슴 덥힐 일 하나로 충분한
> 감흥이 없다면
> 감나무 푸른 옷소매를 적시던
> 달은 없다
> 달빛은 말할 것도 없고
> 달력은 쓸데없고
> 별이 빛나는 밤 같은 건
> 애저녁에 없고
> 그날그날 일용할 날ㅂ은 덧없고
> 흰 손수건 떨어트리던 목련의 수작은
> 멋쩍고 빛이 바래고
> 여기,

달력에 동그라미를 치며

홍시紅詩를 쥐어 줄까 하는

시월의

가슴 물컹한 애인은 없고

연애도 없고

아,

이마저 없다면

시마저 없다면

—「시월詩月」 전문

10월은 가을이 시작되며 모든 살아있는 것들이 생기를 잃기 시작하는 시기이기도 하다. 시인은 바로 이 시기에 시를 생각한다. 그래서 10월은 '시월詩月'이 된다. 그런데 시인이 시를 생각하게 되는 것은 이 10월처럼 뭔가 많은 것들이 사라져가고 없기 때문이다. 그 없음을 시인은 "달력은 쓸데없고"라는 심정적 언어로 표현하고 있다. 달력이 필요 없다는 것은 일상이 상투화되어 그날이 이날이고 이날이 그날인 자동화된 의식 속에서 사는 삶의 모습을 보여준다. 거기에는 "별이 빛나는 밤" 같은 예술적 감흥도 "흰 손수건" 같은 연애의 설렘도 없다. 이 없음의 세계, 모든 것이 상투성 속에, 일상의 자동화 속에 사라져 버린 그곳에서 시인은 시를 생각한다. 시는 이 모든 상투화를 거부하고 우리의 의식을 새롭게 일깨울 단 하나의 방법이기 때문이다.

이원형 시인은 그 방법으로 언어 비틀기를 자주 사용한다. 이원형 시인의 시들에서 말들은 모두 긴장하고 있다.

그의 시들에서 말은 원래의 의미를 떠나 다른 말이 되고자 항상 준비한다. 그렇게 해서 말들은 언제든 자신에게 부여된 의미를 벗어나 새로운 의미 맥락에 놓이기를 갈망하고 있는 듯 보인다. 이 갈망을 통해 시인은 잊힌 우리의 꿈과 희망과 욕망을 부추기고 일상에 매몰된 우리의 의식을 뒤흔든다. 그러기 위해 그가 가장 많이 쓰는 방법은 동음이의어나 유사어를 이용한 언어유희이다.

염소의 뿔은 뿔이 깊은 나무
제법 제멋대로 자란 나무가
옴짝달싹 못하는
염소좌 별자리를 찍어먹고
달랑 하나 남은 달마저 콕 찍어먹어
하늘이 텅 비게 되었는데
이게 다
밤눈 어둔 별이 달이
나무를 들이받아서라고
털 검은 짐승은 지레짐작한다

뿔에 받힌 달
뿔에 받힌 별
뿔이 깊은 짐승의 샛강을 궁시렁궁시렁
온몸으로 굴러가는
알약 한 알
알약 서너 알

더부룩한 뱃속이 휘황찬란하시겠다
— 「뽈이 깊은 나무」 전문

시인은 "뿌리 깊은 나무"를 "뽈이 깊은 나무"로 변용한
다. 그렇게 해서 '뿌리'와 '뽈'이라는 발음은 비슷하지만, 전
혀 다른 속성의 두 사물을 동시에 보여준다. 뿌리는 땅을 파
고들고 뽈은 하늘을 향해 솟아있다. 뿌리는 깊을수록 든든
하지만, 뽈은 깊이 박힐수록 상처와 고통의 원인이 된다.
그런데 시인은 뿌리가 뽈이 될 수 있고 뽈이 뿌리가 될 수
있음을 생각한다. 뿌리를 가진 나무가 뽈이 되어 별빛을 삼
키고 달을 삼킨다. 든든히 세상을 버티고 있어야 할 뿌리는
타인을 들이받는 뽈이 되어 세상에 고통을 준다. 그 고통을
줄이기 위해 우리는 알약을 받아 먹는다. 이 알약으로 우리
의 뱃속은 항상 더부룩하다. 어찌 보면 우리가 사는 세상은
든든한 뿌리에 근거하고 있는 것이 아니라, 뽈들의 공격을
알약 같은 잠시의 처방에 의존하는 그런 삶을 강요하고 있
다고 시인은 우리에게 넌지시 말해주고 있다.

아버지가 빚 보증을 선 후로
드디어 우리 집에도 빨간불을
켤 수 있게 되었다
뒤꼍의 감나무가 필사적으로 쥐고 있던
불안감 한 알
한 그릇 까치밥으로 남아도 좋았을

오지랖 넓은 각서의 대미를 장식한

설익은 불안감은
무르익어 홍시가 되었다
집안의 근심거리였던 홍일점
뼈대 있는 가문의 낙관이어도 좋았을
불콰한 그 지점이
내 시의 본적지다

불안감을 먹고 자란 아들은
보증을 서지 않는다
내 시에는 보증인이 없다
—「홍시」 전문

　이 시는 "감"이라는 말의 언어유희를 보여준다. 빨갛게
익어 매달린 감의 모습을 흔히 '불알감'이라는 속어로 말하
기도 한다. 시인은 이 감을 보고 "불안감"을 떠올리고 이 불
안감의 근원에 홍시처럼 집 앞에 매달려 있는 붉은 차압통
지서에 있음을 생각한다. 그리고 이런 삶의 불안감이 자신
에게 시를 쓰게 했다고 고백한다. 삶의 고통이 세상에 대해
예민하게 반응하는 성정을 만들고 그것 때문에 시를 쓰게
되었을 것이다. 그런데 이 불안감의 근원은 아버지의 보증
때문이었다. 무엇을 보증한다는 것은 확실한 믿음의 근거
가 아니라 파멸과 근심의 원천이다. 우리에게 부과된 법이
나 질서 등, 보증들 모두 역시 마찬가지이다. 그것은 안전
을 보증하는 것이 아니라 우리의 삶을 불안하게 만드는 구
속과 폭력의 수단이었음을 시인은 고발하고 있다. 시는 이
보증을 불안하게 만들어 뒤흔드는 것이다. "내 시에 보증인

없"는 이유이기도 하다. 시는 어쩌면 이 불안감으로 가지 끝에 흔들리고 있는 "홍시" 같은 언어이다.

언어는 사물을 지칭하고 설명하지만 또 한편 그것은 사물의 모습을 감추기도 한다. 이원형 시인은 시들은 이 감춰진 부분을 뒤척여 우리에게 드러낸다. 이렇듯 이원형 시인의 시는 언어를 비틀어 언어가 감추고 있는 삶의 이면을 보여준다.

> 책을 읽어내려가다 보고싶지 않은 대목에선
> 건너 뛰거나 덮어버린다
>
> 이 세계는 손수 창간하신 크나큰 책
> 책장을 넘기며 기쁘다 하셨을 하느님도
> 어느 대목에선
> 눈 질끈 감아버렸으면 싶으셨겠지
> 엎어버리고 싶으셨겠지
> 차마 그럴 순 없고
>
> 매끄럽던 하늘이
> 미끄럽기 그지 없다면 때가 된 것
> 얼음장 같은 하늘을
> 설설 기며 내려오다 날개 부러진
> 애송이 천사들이
> 엎친 데 덮쳐서 이룩한 눈부신 체위를
> 사람들은 뭣도 모르고
> 폭설이라 난리법석이다

엎어버릴 수 없어서 덮어버린
하느님의 독설인 줄은 모르고
―「하느님의 독서」 전문

폭설은 독설을 독설은 독서를 불러온다. 이 세 개의 유사어를 아주 재미있게 구사한 작품이다. 시인은 폭설로 세상이 하얗게 덮여 있는 광경을 보고 그것을 하느님이 세상을 읽다가 덮어버린 독서의 과정에서 나온 일종의 사건 사고라고 상상한다. 그런데 왜 하느님을 자신이 만든 책장을 덮어버렸을까? 마음에 맞지 않기 때문이다. 그래서 엎어버리고 싶었으나 차마 그럴 수 없어 덮어버린 것이고 그래서 폭설이 내린 것이라 시인은 동화적으로 상상한다. 그런데 이런 상상의 배후에는 세상에는 하느님까지 감추고 싶은 숨겨진 이면이 존재한다는 생각이 놓여 있다. 시는 이 감춰진 이면을 찾아가는 작업이다. 오염된 세상 때문에 하느님마저 감춰버린 그 이면의 진실을 찾아내서 태초에 있었던 하느님의 말씀을 찾는 일 그것이 바로 시인의 사명이 아니고 무엇이겠는가.

3. 아이러니로 세상 보기

이렇게 동음이의어나 유사어를 이용한 언어유희는 단순한 말장난에 그치지 않고 이원형 시인이 세상을 바라보는 아이러니한 시각과 연결된다. 아이러니는 사물의 양면을 함께 보는 것이고 삶의 다양성을 받아들이는 인식 태도에서 나온다. 서로 다르거나 반대되는 것들이 공존하며 생긴 그 긴장을 고스란히 견디며 그 경계에서 사고할 때 아이러니가 생성된다.

오늘의 기후를
오늘의 기분으로 읽어도 무방하다

수문 활짝 열어놓은 하늘
비를 쏟아부으려는지 이부자릴 펴고 드러눕는
구름의 잠버릇은 때때로 고약해서
드르렁으르렁 코 고는 소릴 우레라고
얼버무리는 기상청이 있고

내 이럴 줄 알았다
막무가내 뛰어내리는 비 때문에
비 온다 빨래 걷어라
목청 돋구던 할미꽃 같은 할매는
허청허청
구름 타고 장으로 가시고

오십 미리는 족히 오겠습니다
우산까지 들고 나와 호들갑 떠는 아가씨에게 건넨
철썩 같은 믿음은 종종
과녁을 빗나가 내가 나를 실망시키고

겉만 번지르르한 구름 탓일까

겉 다르고 속 다르잖아웃

비를 파종하는 척 슬그머니 꼬리를 감추는

늙은 여우 같은 하늘과 한 판 붙고 싶은

　―「오늘의 기분」 전문

　시인은 "오늘의 기후"라는 일기예보를 통해 삶의 아이러니함을 경험한다. 빗나간 일기예보처럼 예상을 벗어나거나 대비하진 못한 일들이 도처에서 일어난다. 하나의 단일한 질서와 그것을 예측할 수 있는 확실한 안목은 누구에게도 없다. 기상청이라는 국가 기관에도 항상 가족을 염려하는 나의 사고 속에서도 그런 확실한 믿음의 세계는 존재하지 않는다. 그러므로 우리는 시도 때도 없이 변하는 기분 속에서 살아가야 한다. 그것은 다양성의 세계이고 흔들림의 세계이다. 규정하고, "오십 미리"라고 수치화할 수 없는 불완전한 세계이다. 이 불안한 아이러니를 견지하며 "늙은 여우 같은 하늘" 즉 알 수 없는 세상과 "한 판 붙고 싶은" 것이 바로 이원형 시인의 시적 세계가 아닌가 한다.

　너를 보면 꽂고 싶어

　쪽쪽 빨고 싶어

　그렇고 그런 고백의 배후에

　삐딱하니 버티고 섰는 그것이 바로

　입술의 버팀목입니다만

한 입으로 두 말 하지 않아요

한 번 쓰고 버리지 않아요
비록 일회성 생을 살지만
일회용은 사절합니다

목이 마르군요
꽃차나 한 잔 할까요
제멋에 겨워 가는 단골집
꽃다방에 주문을 넣습니다
타는 목마름으로 꽂고 빨고
꽃은 꽃에게 돌려주고
연장은 둘둘 말아 넣어두기로 합니다
취한 기분으로 길을 나선다고
누가 뭐라겠어요

참, 깜박했군요
쓰고 또 쓰고 다시 쓰는
빨대의 기쁨
빨대의 순정을 아시는지요
　　　　　—「빨대의 순정」 전문

　'갈대의 순정'이라는 노래의 제목을 "빨대의 순정"으로
재미있게 패러디했다. 그런데 유사어을 통한 패러디가 언
어의 유희만을 노리고 있지는 않다. 빨대는 발음도 그렇지
만 그 긴 외관이 갈대를 연상하기도 한다. 그래서 갈대처럼
가볍고 쉽게 흔들리고 또 아무 생각 없이 버릴 수 있는 것으
로 간주된다. 하지만 빨대는 "타는 목마름"을 달래주고 "쓰

고 또 쓰고 다시 쓰는" 언제든 필요한 사람들에게 자신의 몸을 내어주지만 여러 사람에게는 쉽게 허락하지 않는 그런 순정을 가지고 있는 존재이기도 하다. 아무것도 아닌 빨대에서 세상에는 이미 사라지고 없는 인간의 가치를 발견해내는 시인의 안목이 반짝이는 작품이다.

잊을만하면 나타나곤 한다
시의 행간에 목 빼고 앉아 먼 산 바라보는 목련
그녀 흰 목덜미에 마음이 흥하여
꽃이나 보러 갈까 하는 당신의 유혹
따라나설까 하는 이 마음의 유흥

수국나라 수문장 같은 당신
꽃보다 유창한 헛꽃의 말인 줄 알지만
내 시에 쏟아 붓는 살가운 환대로 받아
시냇물처럼 졸졸 따라나서지

이꽃 저꽃 시를 쓰는 창가
당신은 또 벌처럼 징징거리지
암술과 수술이 그러하듯이
이 생에 한 번은 해봄직한 신방을 차리고
시의 옷자란 말을 다듬어주는 동안
당신은 꽃에 물을 주고 켰다 껐다 하고
꽃의 흐린 말에도 귀가 솔깃한 당신에게
책상 모서리처럼 지루한 시를 이해시키느라 하루가 터
무니없고

내 시를 오해하느라 한 시간이 하루 같은 당신

나무가 꽃을 버린 건지 꽃이 나무를 떠난 건지 분분하
지만
그들이 그러하듯이
그놈의 시 때문에
우리 헤어질까 하는 말 꺼내지도 못하네
당신은 꽃을 쓰세요 나는 시를 썰테니
　　—「당신은 꽃을 쓰세요 나는 시를 썰테니」 전문

　시인은 꽃과 시를 대비하고 있다. 거기에다 쓰다와 썰다
를 함께 가져와 일종의 언어유희를 만든다. 이 두 말이 언
어유희가 될 수 있는 이유는 '시를 쓸 테니'라는 말을 경상
도 방언으로 발음하면 "시를 썰 테니"가 되기 때문이다. 꽃
을 보러 먼길을 떠날 수 있는 사람은 여유 있고 아름다움을
즐길 수 있는 따뜻한 사람이다. 하지만 그런 사람에게도 시
를 설명하는 것은 쉽지 않다. "꽃의 흐린 말에도 솔깃한 당
신"이지만 "내 시를 오해하느라 한 시간이 하루 같이" 많은
시간을 허비하고 있다. 시인은 이런 대비를 통해 꽃이 쉽게
시가 될 수 없고 너무 쉽게 꽃 같은 시를 찾거나 만들고 있
는 태도를 은근히 비판하고 있다. 그래서 결국 자기가 시를
쓰는 행위를 시를 썬다고 표현한다. 시는 쓰는 게 아니라 칼
날의 긴장감으로 언어를 썰어내는 것이라는 점을 선언하고
있는 것이다.

4. 맺음말

이원형 시인의 시들은 재미있다. 한편 한편이 모두 말의 재미를 느끼게 만들어 준다. 시에 등장하는 말들은 그 어느 것도 상투적인 일상어의 쓰임에서 벗어나 있다. 그 말들은 애초에 그 말들이 지칭했던 사물의 생생함을 다시금 환기해 준다. 그래서 우리가 자동화된 의식 속에서 지우고 있던 사물과 그 사물들의 세상이 가지고 있는 본모습을 다시금 우리에게 일깨운다. 그것들은 이미 세상에 만연한 편견과 선취된 개념들을 뒤흔들어 우리를 각성시킨다. 시인의 재치와 말의 재미에 웃다가 가슴을 누르는 말의 무게를 감지하며 나를 돌아보고 내 삶을 돌아보고 내가 사는 세상을 돌아보게 된다.

닭은 죽어
꽃이 될 수 있다
그러니까 맨드라미는 닭의 후생
—「그러니까 맨드라미」 부분

상투와 권태의 세상에서 생기를 잃은 언어의 목을 비틀어 다시 맨드라미 꽃으로 후두둑 살아나게 하는 이 마술이 이원형 시인의 시의 힘이라고 해도 과찬은 아닐 것이다.

이 원 형

이원형 시인은 충남 서산에서 태어났고, 2021년 계간시전문지 『애지』로 등단했다. 시집으로는 『이별하는 중입니다』가 있고, 현재 경희대 문예창작학과 재학(사이버) 중이며, 흙빛문학회원으로 활동하고 있다.

이원형 시인의 두 번째 시집인 『당신은 꽃을 쓰세요 나는 시를 썰테니』는 '낯설게 하기'의 진수로서 일상적인 언어의 목을 비틀고, 새로운 시세계를 창출해내고 있다고 할 수가 있다. "이원형 시인의 시들은 재미있다. 한편 한편이 모두 말의 재미를 느끼게 만들어 준다. 시에 등장하는 말들은 그 어느 것도 상투적인 일상어의 쓰임에서 벗어나 있다. 그 말들은 애초에 그 말들이 지칭했던 사물의 생생함을 다시금 환기해 준다. 그래서 우리가 자동화된 의식 속에서 지우고 있던 사물과 그 사물들의 세상이 가지고 있는 본모습을 다시금 우리에게 일깨운다."

이메일   6670477@naver.com

이원형 시집

당신은 꽃을 쓰세요 나는 시를 썰테니

발   행   2024년 3월 31일
지은이   이원형
펴낸이   반송림
편집디자인   반송림
펴낸곳   도서출판 지혜, 계간시전문지 애지
기획위원   반경환
주   소   34624 대전광역시 동구 태전로 57, 2층 도서출판 지혜
전   화   042-625-1140
팩   스   042-627-1140
전자우편   eji@ji-hye.com
            ejisarang@hanmail.net
애지카페   cafe.daum.net/ejiliterature

ISBN   979-11-5728-538-9   03810
값   10,000원